LUCIEN DHUGUET

PIZZICATI

ESQUISSES ET FANTAISIES

LUCIEN DHUGUET

PIZZICATI

ESQUISSES ET FANTAISIES

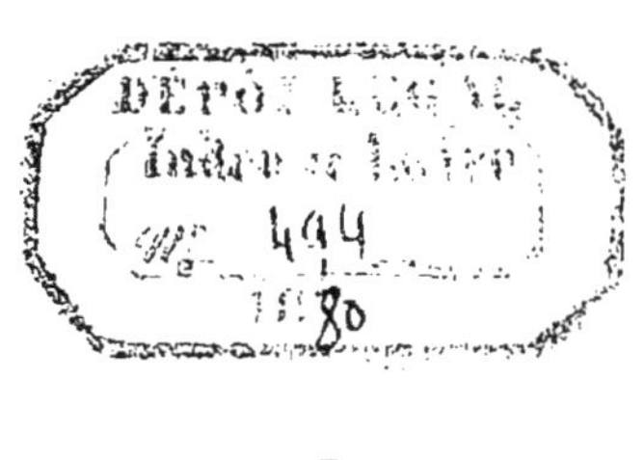

A MARTO

JE DÉDIE CES PREMIERS VERS.

L. D.

MADEMOISELLE POMPON.

Villanelle

Au temps de la saison nouvelle
Vous m'aimâtes, Rose Pompon;
Vous en souvenez-vous, ma belle?

Quel éclat sous la blanche ombrelle,
Avait votre minois fripon,
Au temps de la saison nouvelle !

Dans vos yeux luisait l'étincelle
Qui met au cœur un chaud frisson.
Vous en souvenez-vous, ma belle ?

Des papillons, la ribambelle
Volait, ivre de liseron,
Au temps de la saison nouvelle,

Effleurant la boucle rebelle
Qui caressait votre doux front.
Vous en souvenez-vous, ma belle ?

Et vous cueilliez, enfant cruelle,
La mûre sauvage au buisson,
Au temps de la saison nouvelle,

En me jurant d'être fidèle
Au moins durant une saison ;
Vous en souvenez-vous, ma belle ?

Mais dans votre folle cervelle
Germait déjà la trahison,
Au temps de la saison nouvelle.

L'été s'enfuit à tire-d'aile,
L'automne dore son blason ;
Regrettant la saison nouvelle,
Je vous attends toujours, ma belle.

SONNET.

L'ivresse n'a qu'une heure,
Le bonheur n'a qu'un jour ;
Tout fuit, rien ne demeure,
L'espoir comme l'amour.

Seul, le cœur reste et pleure,
Invoquant tour à tour
L'oubli qui, froid, l'effleure,
Le rêve sans retour.

Puis enfin la nuit tombe,
Le temps creuse la tombe
Où tout dort à jamais ;

Et l'âme dans l'espace,
A la brise qui passe,
Doucement dit : « J'aimais !...»

AMOUR PERDU.

Il faisait un soleil superbe ce jour-là,
    Tout semblait s'être mis en fête ;
Et les oiseaux lissaient leurs plumes de gala,
    Jetant leurs trilles à tue-tête

Dans l'orme qui tremblait sous les baisers de l'air.
    La petite source à l'eau pure
Mêlait joyeusement un rire doux et clair
    A son harmonieux murmure ;

L'odorante senteur qui s'échappait des bois
    Dilatait vos narines roses,
Et vous étiez troublée, émue aussi je crois ;
    Vous parliez de beaucoup de choses,

Vous faisiez maints projets. Je sentais votre bras
    S'abandonner avec mollesse,
Et je vous répondais tout de travers, très bas,
    Honteux de cette hardiesse....

Ah ! que m'avez-vous dit, et qu'ai-je répondu ?
    Et nous avions tant à nous dire !
Nous sentions nos cœurs battre et l'amour s'est perdu,
    Nous l'aurions si bien pu conduire !

DILEXIT MULTATUM!...

L'implacable destin fut sans pitié pour elle.
Créature profane, ô prêtresse d'amour !
Qui naquis pour l'amour si joyeuse et si belle,
Ton rire s'est éteint n'ayant duré qu'un jour.

Et cependant ton cœur, en un si court espace,
A battu plus de fois que celui d'un vieillard !
Fille étrange, sais-tu quelle brûlante trace
Laisse dans notre esprit l'éclair de ton regard ?

Insouciante et folle au seuil de cette vie,
Tout te charmait. La mort, toujours inassouvie,
Étendit son linceul : tu te mis à tousser.

Et la phthisie, hélas ! messagère à l'œil louche,
S'en vint, spectre hideux, sous les draps de ta couche,
Happer ton dernier râle en son fauve baiser...

1

CHANSON.

Sur ta nuque ambrée,
Ma blonde adorée,
J'ai posé, gage de mon cœur,
Un baiser vainqueur.
Et ta gorge ronde,
En parfums féconde,
A frissonné sous son ardeur.

Sur ta lèvre rose,
Où l'espoir repose,
J'ai cueilli le doux mot d'adieu,
Sur ta lèvre en feu.
A tes pieds je laisse
Toute ma jeunesse
Sous le rayon de ton œil bleu.

PRINTEMPS TRISTE.

Pourquoi l'horizon clair me semble-t-il si noir ?
Sur mon cœur, en mon âme, hélas ! tout est tristesse,
Et les rumeurs de l'aube et les fraîcheurs du soir
En moi n'éveillent plus une seule tendresse.

Pourtant du Renouveau j'ouïs l'hymne vainqueur ;
Mais ses accents ne font qu'accroître ma torture.
Ne saurais-tu plus battre ? ô parle, triste cœur ?
Mon âme, es-tu fermée à toute la nature ?

Ne comprenez-vous plus ces murmures, ces voix,
Appels mystérieux remplis de douces choses,
Qui s'élèvent confus de la plaine et du bois
Avec le chant des nids et la senteur des roses ?

Non, rien de tout cela ne peut vous émouvoir,
Puisqu'elle s'est enfuie emportant ma jeunesse :
Il n'est pas de ciel bleu pour le cœur sans espoir,
Dans l'âme désolée, il n'est plus de tendresse.

BUEN-RETIRO.

Sa chambre est pleine de roses,
De narcisses, de muguet ;
Dans de très savantes poses,
Deux magots, l'oreille au guet,
Tirant leur langue vermeille,
Clignent de l'œil en riant.
Sa couche est une merveille
Qu'une étoffe d'Orient
Aux yeux indiscrets dérobe.
Puis encor deux ou trois peaux
De tigre ; au plafond un globe
Qu'on voit briller à huis-clos
Et dont la lueur caresse
Des rondeurs de marbre blanc,
Quand ses longs cheveux en tresse
Se déroulent sur son flanc
Qui, dans l'enlacement fauve,
Se ploie ainsi qu'un roseau.

. . . .

. . . .

L'entendez-vous dans l'alcôve
Gazouiller comme un oiseau ?

LE NID.

Heureux le nid bruyant caché sous l'églantier,
D'où s'échappe au matin un murmure sonore ;
Qu'embaument à l'envi le zéphyr printanier
Et la tiède rosée, et qu'éclaire l'aurore !

Heureux le nid soyeux emplissant le sentier
De joie et de douceur, que le ciel vit éclore
Sous son azur profond, serein, hospitalier,
Avec la fleur des champs dont l'herbe se décore !

La fillette en passant sourit aux oiselets
Blottis frileusement dans leur léger palais
De laine et de duvet entre deux minces branches ;

Et quand l'ombre du soir sur la forêt s'étend,
Le poète attardé, comme en un rêve, entend
Le dernier gazouillis de leurs jeunes voix franches.

1.

SONNET ROSE.

Dans mon verre j'ai versé
Un vin chaud comme une braise,
Qu'en son grain noir tout à l'aise
Le soleil a caressé ;

Sur mes lèvres j'ai pressé
Un sein que j'aime et je baise,
Parfumé comme une fraise,
Comme un mont rose dressé.

Le vin clair et ma maîtresse
Tous deux m'ont donné l'ivresse.
Mais faut-il croire mon cœur ?

A l'une, hélas ! je préfère
L'autre qui brille en mon verre
Et s'épanouit vainqueur.

LES MARGUERITES.

Regrettez-vous, petite folle,
Votre aimable gaîté d'hier ?
On le croirait, sur ma parole,
Et ma foi vous en avez l'air.
Point n'est besoin d'être boudeuse,
Allons, vite un bon mouvement ;
Quittez cette mine fâcheuse
Et souriez à votre amant.

Va, ne soyons pas hypocrites,
Mignonne, et gaîment effeuillons,
Sous nos baisers, les marguerites
Qu'en chemin tous deux nous cueillons.

Mais comme une brume légère
Se dissipe au soleil levant,
Votre tristesse passagère
A fui sur les ailes du vent.
Quelle pouvait être la cause
De ce grand chagrin supporté ?
Bon, vous devenez toute rose,
Serait-ce un scrupule écarté ?...

Va, ne soyons pas hypocrites,
Mignonne, et gaîment effeuillons,
Sous nos baisers, les marguerites
Qu'en chemin tous deux nous cueillons.

Mettez votre chapeau de paille,
Votre peignoir sans falbala;
Non, je ne sache rien qui vaille
Cette exquise toilette-là.
Puis allons dans la verte sente
Où fleurissent les liserons :
L'amour y dort, chère innocente,
Si tu veux nous l'éveillerons?...

Va, ne soyons pas hypocrites,
Mignonne, et gaîment effeuillons,
Sous nos baisers, les marguerites
Qu'en chemin tous deux nous cueillons.

VIEIL AMOUR.

D'un vieil amour presque effacé
Parfois encor j'ai souvenance ;
Ah ! dans les cendres du passé
Que de rêves, que d'inconstance !
Que de beaux jours sans lendemains
Que de serments rompus bien vite,
Et comme à ces accents lointains
Le cœur ému gaîment palpite.
Quand le profil délicieux,
Le charme exquis et le langage
De cet amour déjà si vieux
Viennent s'imposer davantage,
Je puis l'avouer en secret,
Dans mon esprit plein de délice,
Un mélancolique regret,
Écho plaintif, alors se glisse !

Si par un choix très hasardeux,
Madame, il vous prenait envie
De relire une page ou deux
De ce roman de notre vie,
Vous y trouveriez oublié,
Peut-être, un rayon de tendresse,
Et dans une larme noyé

Un baiser frémissant d'ivresse....
Comme un appel d'oiseau charmant,
Comme un murmure qui s'éveille,
Écoutez ce bruissement
Qui vient effleurer notre oreille :
C'est toujours la jeune chanson
Qu'une caresse fait éclore,
Hymne béni qu'à l'unisson
Nous chantions du soir à l'aurore.

Aujourd'hui, le roman est clos,
Dérobant ces riantes choses ;
Le Temps, du revers de sa faulx,
Détruit les effets et leurs causes.
Mais l'espoir qu'on ne peut bannir
Du cœur qui le garde fidèle,
Dans le parfum du souvenir
Lui donne une ivresse nouvelle.

Du doux moment qui nous fut cher
A quoi bon chasser la pensée ?
D'autrefois l'heure caressée
Nous rend le présent moins amer.

AVRIL.

Avril déjà nimbe son front
D'une fraîche et claire auréole ;
Demain les roses écloront,
L'iris ouvrira sa corolle.
Voici que l'oiseau tapageur
Voltige, joyeux, dans les arbres,
Et que sur la blancheur des marbres
Court une furtive rougeur.

C'est le Printemps, mesdemoiselles,
C'est le Printemps, c'est le Printemps !
Dans l'azur des cieux éclatants
Que vos désirs ouvrent leurs ailes :
  C'est le Printemps !

Parfumé, pimpant et vainqueur,
C'est le Printemps qui vient de naître ;
Ah ! prenez garde à votre cœur,
Car il entre par la fenêtre
Et vous fait galamment la cour.
Défiez-vous de son sourire,
Il sait charmer, il sait séduire,
Et tout en lui parle d'amour !...

C'est le Printemps, mesdemoiselles,
C'est le Printemps, c'est le Printemps !
Dans l'azur des cieux éclatants
Que vos désirs ouvrent leurs ailes :
C'est le Printemps !

AUBADE.

Sur un nuage rose,
L'aurore à peine éclose
Rayonne dans l'azur ;
La fauvette éveillée
Redit sous la feuillée
Son chant joyeux et pur...
Seul à ta porte je soupire,
Insensible aux voix du matin ;
O ma beauté, daigne sourire
A l'amant qui guette incertain !

La verte demoiselle
Effleure de son aile
L'eau verte de l'étang ;
Et la fleur épuisée
Cherche dans la rosée
La fraîcheur d'un instant.
Seul à ta porte je soupire,
Insensible aux voix du matin ;
O ma beauté, daigne sourire
A l'amour qui guette incertain !

En vain je crois entendre
L'appel de ta voix tendre,

Le doux bruit de tes pas ;
Et j'attends et je pleure
Au seuil de ta demeure
Que tu ne franchis pas.
Seul à ta porte je soupire,
Insensible aux voix du matin ;
O ma beauté, daigne sourire
A l'amant qui guette incertain.

AUX CERISES.

Aux cerises, blonde cousine,
A la vieille horloge du Temps,
L'airain, d'une voix argentine,
Sonnera vos dix-huit printemps.
Ah ! vous voilà grande fillette,
Ma foi ! très bonne à marier :
Sous la couronne d'oranger
Vous serez fraîche et gentillette,
    Aux cerises !

Aux cerises... Dieu me pardonne !
Elles commencent à rougir ;
Quoi ! vous sentez déjà, mignonne,
Votre cœur tout joyeux bondir ?
Le cher petit fait grand tapage,
Cousine, quel trouble charmant :
Songeriez-vous, sérieusement,
Ma toute belle, au mariage...
    Aux cerises ?

Aux cerises vous serez femme,
Femme jolie, et de vos yeux
Si limpides, si doux, madame,
Rêveront bien des amoureux.

Mais aussi vous serez coquette,
Et dédaignant soupirs et pleurs,
Sonnets galants, rondeaux et fleurs,
Vous passerez froide et muette,
Aux cerises...

Et voilà, chère Mariette,
Ce que vous prédit un cousin,
Un peu germain, un peu poète,
Qui vous baise humblement la main.
Vous allez rire, j'imagine,
En lisant ce galimatias,
(J'entends d'ici vos frais éclats) !
Riez, mais nous verrons, cousine,
Aux cerises !

MADRIGAL A MARIE.

La neige conserve l'empreinte
Du pied léger qui la foula,
La fleur s'entr'ouvre sous l'étreinte
Du papillon qui trop tôt s'envola ;

Le lac, en son miroir limpide,
Réfléchit l'étoile et l'azur,
Et la nuée au vol rapide
Dès l'aube vient y mirer son front pur.

Ainsi j'ai gardé dans mon âme
L'image de votre beauté,
Où tout le charme de la femme
S'unit à la plus exquise bonté.

———

IMPERTINENCE.

En vous écoutant l'autre jour
Célébrer d'une voix si claire
La douce ivresse et le mystère,
J'ai pensé, sans aucun détour :
(L'aveu n'est-il pas trop sincère ?)
« Quand on chante si bien l'amour,
Doit-on pas encor mieux le faire ?.... »

SONNET VERT.

Sous les frissonnantes ramures
D'où s'échappent des cris d'oiseaux,
Parmi les fleurs et les murmures
De la brise et des frais ruisseaux,

Un matin de Juin, avec elle,
Nous rêvions tous deux enlacés
Devant la nature immortelle,
Tous deux perdus dans nos baisers.

Le soleil perçant le feuillage
Nous montrait un ciel sans nuage ;
Et notre cœur, pur encensoir,

Débordant de joie inconnue,
Laissait s'envoler vers la nue
Un parfum d'amour et d'espoir.

SONNET BLANC.

Immobile et blanche au fond de l'alcôve,
La blonde enfant dort du dernier sommeil ;
Le cierge projette une lueur fauve
Sur le drap blanc au suaire pareil.

Une vague odeur d'éther et de mauve
Règne dans la chambre où le gai soleil
Vient luire un instant, puis, triste, se sauve
Porter aux vivants son rayon vermeil.

Pauvre morte ! la voilà déjà froide,
Son cher corps se tient dans l'ombre tout roide ;
Sa lèvre est glacée et ses yeux sont clos.

Tant de charmes, tant de jeunesse heureuse
N'ont pu te fléchir, vieille Pourvoyeuse,
O toi qu'on dit sœur de l'Amour, Chaos !

NOEL MODERNE.

« — Petit Noël, mon chérubin,
Pourquoi gardes-tu sur la terre
Ce visage triste et sévère,
Petit Noël, blond séraphin ?
Pourquoi les petits enfants sages
N'ont-ils rien eu dans leur sabot ?
Pourquoi les jouets, les images,
Petit Noël, font-ils défaut ? »

« — Mes bons amis, je vais vous dire
Ce qui cause, hélas ! mon chagrin ;
Ce qui glace mon doux sourire,
Ce qui me rend avare enfin.
J'avais à la Sublime Porte
Confié mon petit avoir ;
Certe, en agissant de la sorte,
Je manquais à tous mes devoirs,
Mais l'ambition dans ma tête
Jasait, jasait à mon insu :
C'est une bien vilaine bête,
Ah ! mes amis, si j'avais su !...
Mon principal, mes dividendes,
Las ! sont partis je ne sais où ;

J'ai dû supprimer les offrandes,
Malgré moi, n'ayant plus le sou !... »
« — Petit Noël, notre cher ange,
— Dirent les enfants soucieux —
Votre aventure est bien étrange
Pour un locataire des cieux.
Vous avez manqué de prudence,
Et nous en souffrons aujourd'hui,
Mais comptez sur notre indulgence,
Quelque grand que soit votre ennui.
Il nous faut prendre patience
En attendant vos revenus.
Placez mieux votre confiance,
Noël, et n'y revenez plus. »

PASTICHE.

I

Au clair de la lune,
Mon ami Pierrot
A pris femme brune
Ayant nom Margot.
Le dieu d'Hyménée
Garde leur serment,
Et leur destinée
S'accomplit gaîment.
Au clair de la lune.

II

Au clair de la lune,
Ils s'aiment tous deux,
N'ont de peine aucune,
Sont-ils pas heureux ?
Dans l'alcôve close
Combien de baisers,
Sous le rideau rose
Aux longs plis froissés ?
Au clair de la lune.

III

Au clair de la lune,
Du fleuve des jours,
Sans crainte importune
Ils suivent le cours ;
Et sous la ramure
Des lilas ombreux,
Coucou ne murmure
Son hymne odieux.
Au clair de la lune.

IV

Au clair de la lune,
Quand à leur doux nid
Frappera Fortune
En catimini,
Lui diront : « Ma chère,
Laissez-nous jouir :
L'or quelle chimère,
L'amour quel plaisir ! »
Au clair de la lune.

CRAYONS PARISIENS.

I

UNE RENCONTRE.

Donc elle était modiste et je la vis un soir,
A la lueur du gaz, fille svelte à l'œil noir.
Elle foulait d'un pied agile le bitume
Du boulevard bruyant où je vais de coutume
Prendre l'air et rêver à cette heure en fumant ;
En quête aussi parfois d'un lambeau de roman,
D'une houri quelconque aux caprices bizarres,
Choses folles enfin qui deviennent très rares.
Elle vint à passer devant mes yeux ravis,
Et, ma foi, sans songer à mal, je la suivis.
Elle trottait, trottait, ainsi qu'une gazelle,
Retroussant son jupon, l'agréable donzelle,
Et fredonnant joyeuse un moderne refrain
D'une voix de fausset rappelant le crin-crin.
Moi j'allongeais le pas en marquant la mesure,
Et le nez presque dans une longue frisure
De cheveux qui tremblaient sous le souffle du vent
Et lui caressaient le cou. Depuis, bien souvent,
Je me suis rappelé cette boucle mutine,
Soyeuse et parfumée, espiègle et libertine,

Et qui fit que mon sort à son sort s'enchaîna.
A l'angle d'une rue elle se retourna :
L'endroit était désert et le moment propice
Pour user sagement d'un adroit artifice
Connu des amoureux; ma foi, j'en profitai.
Un pimpant madrigal, lestement débité,
Fut fort bien accueilli... par un éclat de rire
Très discret et très franc, certes, je puis le dire,
Et l'on me répondit sans aucun embarras.
J'insistai davantage; on accepta mon bras,
Et nous voilà tous deux à deviser dans l'ombre.
Elle riait toujours. La rue était si sombre
Que je lui pris la main, et j'allais redoubler
D'audace, quand soudain je la vis se troubler.
Elle se dégagea : « C'est là que je demeure,
Me dit-elle, il faut nous quitter, car voici l'heure
Où l'on m'attend chez nous. Vous verrai-je demain ?
Nous avons fait ce soir un bon bout de chemin. »
— Quoi ! déjà nous quitter, lorsque mon cœur s'épanche !..
— Vous êtes exigeant, mais c'est demain dimanche,
J'ai ma journée à moi; je compte en disposer. »
Et me tendant sa joue où je mis un baiser
Savouré longuement, elle s'enfuit, légère,
Et disparut sous la haute porte-cochère.

La mignonne avait nom Elise, si j'en crois
Mes souvenirs, et notre amour vécut six mois.

II

INDISCRÉTION.

Pour découvrir leur nid, Eden des hermitages,
Il faut escalader bravement cinq étages.
Ce que chanta jadis le naïf Béranger,
(Le grenier des vingt ans) leur est bien étranger,
Et l'amour peut narguer la bise de décembre,
Blotti sur un fauteuil de la discrète chambre
Toute pleine de joie et de tièdes parfums,
Hermétiquement close aux regards importuns.
Dans l'âtre en pétillant la bûche se consume,
Tandis que de la rue, au milieu de la brume,
Montent sourds et confus les bruits de la cité.
Quand on est seuls à deux, douce est l'obscurité
Pour épeler tous bas les mille et une choses
Qui chantent dans l'esprit et sur des lèvres roses
S'impriment en riant, glissant dans les cheveux
Épandus sur le sein. C'est l'heure des aveux,
Des corsages défaits, des confuses caresses,
Où s'éveille la voix des suprêmes ivresses.
Intimité charmante, idylle au coin du feu :
L'amour seul est en tiers, sans soleil ni ciel bleu,
Mais l'amour seul suffit . . . .
      Puis la pendule sonne,
Et son timbre argentin dans la chambre résonne.
Du jour gris qui décroît la dernière lueur
Semble fuir à regret ce tableau du bonheur.

La lampe alors s'allume, et la blonde fillette
Répare le désordre exquis de sa toilette,
En mirant dans la glace un visage mutin,
Rosé comme un nuage aux rayons du matin.

LE DOMINO BLEU.

L'aventure est de fraîche date.
En Bourse on en parla beaucoup,
Comme d'un régal de haut goût
Pour l'oreille un peu délicate.

Un jour de Liquidation,
Le grand Sylvain de la coulisse
— Je laisse la digression
Et viens au fait sans artifice —
Reçut, c'était l'hiver dernier,
Un certain billet anonyme
Qui lui parut fort singulier,
Car Sylvain, détail tout intime,
Est jaloux, jaloux à l'excès,
— Était plutôt. Or, sans ambage,
Dans un élégant griffonnage,
Le poulet disait à peu près :
« Ce soir à minuit, votre femme,
Il se peut vraiment qu'on la blâme,
En votre absence se fera
Conduire au bal de l'Opéra.
Un tendre galant... on suppose,
Désirerait l'initier
Aux mystères du temple rose

3.

Dit : cabinet particulier !
Le rendez-vous est au foyer.
Loup noir et domino bleu tendre,
Sur l'épaule droite un nœud blanc,
 Au ravisseur feront comprendre
 Qu'on est heureuse de l'attendre. »

 Notre mari tout pantelant
 Relut cette lettre fatale.
 Fallait-il croire, sans raison,
 A cette conduite immorale,
 A cette indigne trahison ?
 N'était-ce qu'une fantaisie
 De quelque ami, mauvais plaisant ?
 Sur ce canevas complaisant
 Brodait, brodait la jalousie.
 Après avoir lutté longtemps,
 Et sa résolution prise,
 — Ah ! comme il comptait les instants ! —
 Sylvain fit, à l'heure précise,
 Invasion dans le foyer
 De l'Opéra. Dans la cohue,
 Ce qui s'en vint frapper sa vue,
 Fut, adossé contre un pilier,
 Le domino dont le costume
 Avait été si bien décrit.
 Un battement de cœur le prit ;
 A quelle coupe d'amertume
 Buvait-il ? Cette taille, hélas !
 Pour lui n'était pas inconnue ;

Douter il ne le pouvait pas.
Ah ! l'horrible déconvenue
De se savoir, chose imprévue,
Petit cousin de Ménélas !
Enfin, se frayant un passage
Au milieu du flot des habits
Noirs, il parut, pâle de rage,
Devant le domino. Deux cris
Empreints de frayeur l'accueillirent.
« Partons, madame, sans retard ;
Nous nous expliquerons plus tard,
Prenez mon bras... » Puis ils sortirent.

En voiture, jusqu'au logis,
Tous deux restèrent bouche close.
Sylvain avait son parti pris,
Sa femme c'était autre chose ;
Bref, ils arrivèrent enfin.
« Rentrez chez-vous, dit-il, madame,
Il vaut mieux remettre à demain
Notre entretien... que je réclame. »
Muette elle se retira
Peut-être avec la mort dans l'âme ;
Lui, ferma la porte et rentra
Dans sa chambre calme et très digne
En apparence, mais roulant
Des projets de vengeance insigne
A rendre Othello bienveillant.
Après une nuit enfiévrée,

Pleine d'horribles cauchemars,
De fantômes et de poignards ;
Jugeant sa femme réveillée,
Il s'en vint frapper doucement,
De façon discrète, à sa porte.
« — Entrez !... » lancé d'une voix forte,
Le plongea dans l'étonnement.
La clef tourna dans la serrure
Il ouvrit et resta béant,
Muet : sans masque et sans coiffure,
Devant lui le domino bleu,
Orné d'une moustache blonde,
Se tenait, ô stupeur profonde !
Tandis que souriante un peu
Sa femme dormait gracieuse,
Le front calme sous les rideaux.....
Il comprit, et baissa le dos
Sous cette sottise fameuse.
— Le domino d'un bond avait
Gagné le large et s'esquivait.

Quel martyre devait l'attendre !
« Quoi, déjà debout, mon ami,
Dit dans l'alcôve une voix tendre,
Moi qui vous croyais endormi !
— Ma chère, une affaire imprévue. . »
La sueur perlait à son front.
— « Puis, rentrer à cette heure indue !
Ah ! vos affaires vous tueront !

Pour cette nuit, encore passe... »
(Elle rougit jusques aux yeux.)
— Ah ! Mathilde, achevez, de grâce !...
Elle reprit, à voix plus basse :
« Dame ! pour un homme... sérieux
Je vous croyais moins... amoureux !... »

. . . .

. . . .

N'allez pas crier au scandale,
Ce récit n'a point de morale.

Paris, novembre 1880.

Tours. — Imp. Mazereau.

9 782019 247058